बेतरतीबी

देवेश त्रिपाठी 'अनम'

बेतरतीबी

या देवी सर्वभूतेषु विद्या-रूपेण संस्थिता।नमस्तस्यै नमस्तस्यै
नमस्तस्यै नमो नमः॥

क्रम-सूची

प्रस्तावना

ॐ

बेतरतीबी का अर्थ होता है, 'क्रमविहीन' अर्थात अव्यवस्थित|

लेखक देवेश त्रिपाठी 'अनम' ने प्रस्तुत रचना के प्रथम अध्याय 'बड़ा बेटा' में घर के बड़े बेटे के जीवन के उतार-चढ़ाव तथा परेशानियों को दर्शाया है |

प्रस्तुत रचना का प्रमुख नायक मंगल है, जो रामेश्वर का बड़ा बेटा है| मंगल की मां एक अध्यापिका है ,कहानी में कई अन्य पात्र भी है, पर सबसे ज्यादा और महत्वपूर्ण संवाद मंगल और उसकी मां अर्थात नीरा के मध्य में होता है | लेखक बताता है कि कैसे पिता के अचानक बीमार पड़ जाने पर, सारा कार्यभार घर का बड़ा बेटा देखता है| और वही समाज की कुनीतियों का शिकार भी बनता है |

लेखक यहाँ एक निम्न मध्यमवर्गीय परिवार के बड़े बेटे का भाव प्रकट करता है | लेखक बताता है कि , किस प्रकार बड़ा बेटा अपने परिवार के समस्त सदस्यों से प्रेम बनाए रखते हुए , सामाजिक तुष्टीकरण को कड़ा जवाब देता है |तथा उसे जिस जिस परिस्थितियों का सामना करना पड़ा उसे लेखक ने अपने शब्दों में पिरोया है | बेतरतीबी ,लेखक देवेश त्रिपाठी 'अनम' की पहली बड़ी रचना है |

प्रस्तुत रचना में लेखक उन समस्त भागों का वर्णन करता है जिससे घर का बड़ा बेटा लड़ता ही नहीं, अपितु जीतकर आगे बढ़ता है |

धन्यवाद........

लेखक परिचय

देवेश त्रिपाठी 'अनम'

देवेश त्रिपाठी 'अनम' का जन्म उत्तर प्रदेश के सिद्धार्थनगर जिले के छोटे से गांव कमसार में, 14 मई 2004 को एक निम्न मध्यमवर्गीय ब्राह्मण परिवार में हुआ | आपके पिता का नाम रविंद्र कांत त्रिपाठी, तथा माता का नाम अंजू त्रिपाठी है | आपकी माताजी एक निजी कॉलेज में अध्यापिका के तौर पर कार्यरत हैं | तथा पिता जी एक साधारण किसान

हैं |

आपकी प्रारंभिक शिक्षा सरस्वती शिशु मंदिर शोहरतगढ़ में हुई | तथा आप की प्रारंभिक सामाजिक शिक्षा माता तथा मौसी के सानिध्य में हुई | आपने सर्वोदय इंटरमीडिएट कॉलेज डोकम अमया से इंटरमीडिएट की परीक्षा उत्रीण की | वर्तमान समय में आप का० सू० साकेत स्नातकोत्तर महाविद्यालय अयोध्या में स्नातक द्वितीय वर्ष के छात्र हैं|तथा पैरामेडिकल केंद्रीय बोर्ड के तहत पैथोलॉजी विभाग में डिप्लोमा ले रहे हैं | बचपन से ही आपकी रूचि हिंदी लिखने तथा पढ़ने में अधिक थी | आपके द्वारा रचित कई रचनाएं ,पत्रिकाओं और पुस्तकों में प्रकाशित हो चुकी हैं |

1

बड़ा बेटा

कहते हैं, वर्तमान गुजरकर कहानी बन जाता है,
वह कहानियां जो आपके जीवन में घटित हुई हैं वह चाहे
सुखद हो, या दुखद, पर वह सदैव आपको एक नया
अनुभव, नई राहें तथा नई पहचान जरूर देकर जाती
हैं | लेकिन आपके कल की कहानी कैसी होगी यह आप
अपने आज से बदलने की कोशिश कर सकते हैं, यदि
आपको अपना भविष्य सुनहरा रखना है तो, गुजरी हुई
कहानी से सीख अवश्य लेनी पड़ेगी |
यह कहानी भी एक ऐसे ही संवेदनशील आत्मविश्वास
से भरे श्रेष्ठ जीवन की अलामत है |

रामेश्वर के दो बेटे और एक बेटी है, मंगल रामेश्वर का बड़ा बेटा है !
यह रचना मंगल के अनोखे तथा गुणात्मक जीवन का अवलोकन है,

❧

जिसमें वह हर पल असंख्य वैश्विक सामाजिक तुष्टीकरण से गुजरा है |

किसी घर में अगर दो बच्चे हैं , तो बड़े बच्चे से लोगों को बचपन से ही यही उम्मीद रहती है की, बड़ा भाई अपने छोटे भाई तथा बहनों के सामने अपनी गरिमा (बड़प्पन)बनाकर रखें |

तथा अपने से छोटे के लिए एक श्रेष्ठ तथा सुविधाजनक रास्ते का निर्माण करें | और वह खुद भी एक सही तथा संयमित रास्ते पर चलें | वह समाज में एक अच्छे चेहरे के साथ स्थान ले , तथा अपने सकारात्मक सोच और कर्म से अपने माता-पिता को सदैव गर्व महसूस कराए |

हमारे समाज में कुछ बहुसंख्यक लोगों का मानना है कि , यदि घर का बड़ा ही बिगड़ गया तो छोटे का क्या होगा....?
ऐसी स्थिति में लोग छोटे के बिगड़ने को स्वाभाविक मान लेते हैं |

बेशक उनका यह सोचना वाजिब हो सकता है, पर इन सारी बातों को सोचते हुए वही बहुसंख्यक समाज बड़े बेटे के बचपन को नजरअंदाज कर देता है |

वह नहीं समझता कि,आखिर बड़ा भी तो अभी बच्चा ही है, उसकी भी कुछ इच्छाएं लाजमी है, उससे भी गलतियां स्वाभाविक है |
कुछ ऐसी ही विपरीत परिस्थितियों से गुजरता रहा इस रचना का नायक अर्थात मंगल |
ऐसा कहते हैं कि ,

" आपका सबसे मुश्किल वक्त आपकी जिंदगी का सबसे खास लम्हा साबित होता है , आप जितने ही मुश्किल हालातों से गुजरेंगे उतने ही मजबूत बनेंगे, तथा जब मुश्किल पड़े तो घबराएं नहीं अपने निर्धारित रास्ते पर चलते रहें, ककामयाबी एक दिन जरूर मिलेगी |"

❧

∽

यह भी मंगल के जीवन के कुछ कठिन तथा कठोर दिनों से जुड़े हैं.....
एक समय था ,
जब मंगल का परिवार
22 - 24 लोगों के साथ उसके दादा जी की प्रमुखता में उज्जवल हो रहा
था | परिवार में दादा जी, दादी जी, पिता जी और पिताजी के चार अन्य
भाई तथा उनकी पत्नियां और बच्चे सब एक साथ रहते थे , उनका
जीवन बड़ा कौतूहल पूर्ण था | परिवार के हर सदस्य से मंगल का एक
अटूट तथा स्नेहित संबंध रहा |

"कहते हैं , एकता में बड़ा बल होता है , अगर किसी परिवार
में एकता है तो उस परिवार तथा उसके सदस्य , किसी भी
बड़ी से बड़ी कठिनाई का सामना बड़ी सहजता से कर सकतें
हैं |
और परिवार की एकता का एक मूल मंत्र,
त्याग और भरोसा है | "

मंगल का परिवार भी उस समय, एकता के चलते गांव के सबसे अहम
तथा इज्जतदार घरानों में शुमार था |
पर उनकी यह खुशी ज्यादा दिनों तक थमी नहीं ,
क्योंकि उस समय समाज में परिवर्तन की एक नई आंधी बह रही थी,
'छोटा परिवार , सुखी परिवार' जिसका एक हल्का सा झोंका उसके
परिवार पर भी लगा और मिनटों में मंगल का सारा परिवार ताश के
महल की तरह बिखर गया|......
इस घटना से मंगल और उसका परिवार बड़ा प्रभावित हुआ,
अब उन्हें समाज में अपना एक अलग स्थान और पहचान बनाना
था |

∽

❧

अब मंगल बहुत निम्न परिवार का हिस्सा था ,
जहां वह उसके माता-पिता , छोटा भाई और छोटी बहन थी |

उनका परिवार उत्तर प्रदेश और नेपाल को जोड़ने वाली जिले के एक
छोटे से गांव से था |
जहां 10 में से 7 लोग सरकारी नौकर थे , वही उसके पिता भारत के
मशहूर महानगरों में से एक में रोज़ाही करने वाले , अर्थ साफ था कि,
उसका परिवार एक
निम्न मध्यमवर्गीय परिवार था |
मध्यमवर्गीय परिवार वह नहीं जिसे हम आप अखबारों में पढ़ते हैं ,
मध्यमवर्गीय परिवार की कठिनाइयों की कल्पना साधारण लोगों से परे
है |
मध्यम वर्गीय परिवार वह होता है
जहां सब्जी में तेल लोगों की संख्या के अनुसार नहीं, अपितु तेल की
बरनी को देखते हुए डाला जाता है | ह..... ह
और हाँ माँ के बारे में तो बताया ही नहीं...
मंगल की माँ का नाम नीरा देवी था |
मंगल मां को अम्मा कहता ये मम्मी, माम उसे ना भाता | क्योंकि
बाबूजी और घर के अन्य बड़े दादी को अम्मा ही कहते तो यही रिवाज
मंगल ने भी आगे बढाया |
हालांकि घर के नवेले बच्चे इसे ना मानते क्योंकि वह तो अंग्रेजी भाषा
के गुलाम हो चुके थे ,
लेकिन मंगल को ये खिटिर - पिटिर रास ना आती |
मंगल की माँ एक आसाधारण महिला जो आवश्यकता से ज्यादा
कर्मनिष्ठ है, जिन्होंने हर कदम पर द्विमुखी वा विपरीत समाज के मुंह
पर तमाचा मारा और आगे बढ़ती रहीं |

❧

मंगल को अभी तक शायद पता नहीं था कि,उसके आने वाली जीवन में जो भी सकारात्मक बदलाव होगा उसकी सबसे बड़ी कारण उसकी मां होने वाली है /

उन्होंने अपने परिवार को समाज में एक अहम व सकारात्मक स्थान दिलाने के लिए हर एक विपरीत परिस्थितियों से लड़ा वा उनको जीता | वही मंगल के परिवार में पहले से ही यह भ्रम फैलाया जा चुका था कि , महिलाएं केवल घर का काम करती हैं, पर मंगल की माने तो हर कदम पर इस भावना को झूठा साबित किया, और आगे बढ़ती रही | जहां बहुसंख्यक साधारण महिलाएं सुबह उठकर घर का काम करके दोपहर को आराम फरमाती वही मंगल की मां

सुबह जल्दी जल्दी घर के काम निपटाना, बच्चों को स्कूल के लिए तैयार करना तथा खुद भी समय की पाबंदी को नजर मे रखते हुए तैयार होकर स्कूल जीप का इन्तजार तथा स्कूल जीप के हारन मारते ही घर के मुख्य द्वार पर एक लौहपहरेदार को लटका अपने तीनों बच्चों के साथ जीप में बैठ लेती ,

अर्थात वह उसी विद्यालय में अध्यापिका थी जहां अभी मंगल दर्जा नौ में पढ़ता था |

मंगल की मां का उसी विद्यालय में पढ़ाना मंगल के लिए अगर एक पारिवारिक आय के तौर पर फायदेमंद था तो, उसके निजी विद्यार्थी जीवन के लिए घुटन भरा भी.....

पता नहीं क्यों, लोग उससे कुछ अलग करने की उम्मीद रखते | और मंगल , अपने आप को कक्षा के सभी साधारण बच्चों के साथ जोड़ने में लगा रहता | पर वह सदैव कुछ उच्च कोटि के अध्यापकों की नजरों से बचने में अस्मर्थ रहता, जिनकी निगाहें कक्षा में घुसते ही मंगल को ढूंढने में लगी रहती /

❧

और मंगल पीछे से तीसरी बेंच पर सीमेंट के खंभे से दुबका भगवान से यही प्रार्थना करता रहता कि ,किसी तरह चालीस मिनट का घंटा बीते |

और इसी तरह परस्पर 4 घंटों के बीतने के बाद करीब साढ़े बारह बजे मध्याह्न होता | और मध्याह्न होते ही मंगल के सास में सासं आती| अब सभी लोग अपने खान डब्बों से गुफ्तगू करने स्कूल के छत पर चल पड़ते , वही मंगल भी सीढ़ी के नीचे वाले नल पर हाथ धोता और उन्हीं सीढ़ियों के सहारे छत पर चला जाता |

और फिर रोजाना की तरह वही आलू के सफेद कतरन वाली सब्जी, और एक रोटी खाना और फिर चले आना |

मंगल संकोची था , लेकिन छोटी चंचल थी! वाह सप्ताह में एक दो बार स्कूल के कार्यालय में घुसती,

और सीधा अम्मा के पास चली जाती, अम्मा भी उसे एक - एक रुपए के 3 सिक्के और कभी - कभी स्कूल में मिली कुछ कचोरियां देती और कहती 1 रुपया छोटू को और 1 रूपया भैया को दे देना | बस इसी तरह सप्ताह में 4 दिन मात्र एक रुपए से काम चलाना पड़ता /

पर मंगल की तृष्णा एक रुपए से भरने भर की कहां थी |पर उसका यह क्षणिक सुख उसकी मित्रता से सफल होता, उसके जीवन में उस समय मित्रता और भावशीलता अपनी पराकाष्ठा पर था ,

भोजन करते ही वह बड़ी बेसब्री से चाय की दुकान पर पहुंचता , जहां पहले से ही उसके मित्र गण चुपचाप एक श्रृंखलाबद्ध खड़े होते |

मानो उस औपचारिक और अनोखे राज दरबार में उसका ही इंतजार हो रहा होता, और अब उनकी कार्यवाही आगे बढ़ती |

और हां मंगल के अब तक के जीवन में यह पहली बार हुआ जब वह सौंदर्य से प्रभावित हुआ | वह उसी की स्नेही जैसे मानो स्वयं रूप रूपगर्मिता की देवी वनिता का रूप रखें,

❧

෴

वहीं उसके बिपरीत पीछे से चौथे बेंच पर बैठी होती |
जिसकी प्रेक्षा बस कुछ ही पल में पीछे घूमती और खुद से टकराते
ही चेहरे पर एक अप्रतिम लालिमा छा जाती |
मानव स्वयं अनंग दोनों को साक्ष्य प्रदान कर रहे हों |
किसी साधारण मनुष्य के जीवन में उसके स्कूल के दिनों की बड़ी
खास यादें होती हैं, जिन्हें वाह शायद ही भुला पाता हो |

वह लम्हे उसके जीवन के सबसे खास लम्हो में प्रमुख रहते हैं |
चाहे वह तब की नादानियां हों, मित्रता हो, चाहे अध्यापक हों और उनसे
जुड़ी सारी यादें,
आप को आजीवन प्रभावित करती रहती हैं |

मंगल भी अपने स्कूल के सकारात्मक दिनों से आज भी प्रभावित है |
स्कूल का वह आखरी दिन , उस दिन मिला हुआ तोहफा वह सभी अब
तक उसे शब्द बा शब्द याद हैं |
मंगल अपने अब तक के जीवन में सफल था, कि नहीं, यह बहुत
प्रभावी नहीं है आप अच्छा, बुरा ,सही, गलत तब तक सोंच सकते हैं जब
तक पेट में रोटी, तन पर कपड़ा और सर पर छत होती है | और जीवन
जीने में मजा भी तभी तक आता है जब तक जीवन में लड़ाइयां हो जब
आपको कोई वस्तुआसानी से मिलती है तो आप उसकी कदर नहीं कर
पाते और जब वही वस्तु आप अपने संघर्ष के बल पर पूरा करते हैं , तो
उसकी बराबरी ही कहां....!
मंगल ने अभी-अभी बड़ी मशक्कत से दशवीं पास कर लिया था ,
इसी हर्ष में उसका सारा परिवार सराबोर था , पर उनको इस क्षणभंगुर
सी खुशी के आगे की वास्तविकता का भास नहीं था |

෴

૭౨

बूढ़े बुजुर्ग कहा करते थे...

"कि जिस तरह एक प्रकाशवान प्रभात होने के साथ ही ,
घने व अंधकार में रात्रि का होना निश्चित हो जाता है ,
उसी तरह एकाएक अधिक खुशी आने से भ्रमित ना हो
यह पुष्टि कराता है कि आगे एक विराट चुनौती है /"

मंगल को इस बात का भास नहीं था कि, बहुत जल्दी उसे यह खेलकूद व अल्हड़पन छोड़ कर जिम्मेदारियों का झोला पकड़ना था |

कहतें हैं जब मेहनत अपना पूर्णविराम लगाती है तो वहां से किस्मत अपनी पंक्तियां शुरू करता है |

हां अब मंगल के परिवार की एक बड़ी आय का प्रमुख स्रोत उसके पिताजी अचानक बीमार पड़ गए, अस्पताल में दाखिला हुआ तो डॉक्टर साहब ने उन्हें आराम करने और मेहनत मजदूरी करने से सख्त मना कर दिया |

और अब...... !

मंगल : दीवार के बगल से डॉक्टर साहब को बड़ी संवेदना भरी निगाहों से बुलाया और कहा ,

'डॉक्टर साहब आखिर हुआ क्या है....? बाबूजी को'

'बेटा उन्हें तीव्र रोधगलन हुआ है, वह तो भला हो जो जल्दी ले आए वरना राम जाने कुछ भी हो सकता था '..... !

'तो क्या अब वह चल फिर नहीं पाएंगे', मंगल ने कप कपाती हुई आवाज में पूछा,

'अरे नहीं बेटा वह नियमित दवाओं और व्यायाम से जल्दी ही बेहतर हो जाएंगे'

'और कामकाज'

'डॉक्टर ने थोड़ी ऊंची और कठोर शब्दों में कहा नहीं, बिल्कुल नहीं ,

૭౨

∾

अभी यह कुछ समय तक काम काज करने के लिए बिल्कुल तैयार नहीं, 'अच्छा'

'और हां जरा ध्यान रखना तेल, मसाले और मादक चीजों से दूर रहें , तेल तो वैसे भी जहर है इसमें'

मंगल के पास अब कहने को कुछ शब्द ना बचे थे .....

आंखें ऐसी फटी जैसे मानो भूखे तेंदुए से सामना हो गया हो , माथे से पैर तक ऐसी आद्रता की कमीज भी गई |

उसने दो बार 'अच्छा-अच्छा' कहा और वही बगल में स्टील की कुर्सी पर माथे से हाथ लगाए बैठ गया |

उसे यह आभास होने लगा था कि, उस पर और उसके परिवार पर कितनी बड़ी गाज गिरी है |

डॉक्टर ने संवेदना के लिए धीरे से उसके कंधे पर हाथ सहलाया और चले गए |

आज रात रामेश्वर को अस्पताल में ही रोकना था |

यही कोई शाम के 6:00 बज रहे थे जब एक सफेद कोट वाली नर्स ने आकर यह बताया, मंगल ने नीरा और छोटी की तरफ इशारा करते हुए कहा अम्मा तुम दोनों चली जाओ छोटू भी घर पर अकेला है ,और कल भोर होते ही चली आना तभी बाबूजी को भी साथ ले चलेंगे......

'नहीं...मैं ना जाती '

नीरा ने करुणा भरे शब्दों से कहा, एक काम करो तुम और छोटी चले जाओ मैं यहां रह लूंगी....

'नही अम्मा... जिद ना कर, कहा ना तू चली जा यहां सोने की भी कोई ठीक व्यवस्था नहीं है , मेरा क्या मैं तो बाहर वाले बेंच पर ही रात बिता लूंगा | पर तू नहीं ना.... !

मेरी बात मानो तुम दोनों घर चले जाओ, रात भी होने को है, और छोटू परेशान होगा,

∾

'तो तू खाना पानी कहां करेगा ,

अरे तेरे बाबू ना खाएंगे तू तो खाएगा ,

'नीरा ने करीब मिनट भर सोचने के बाद कहा.......

'अरे मैं खा लूंगा ,

तू परेशान ना हो यहीं नीचे दरवाजे से लगे एक गुमटी में दादी रोटियां बनाती हैं, मैं चाय लेने गया था, तो मैंने देखा था ,वहीं से ले लूंगा दो रोटियां और क्या..... '

'हां कहां कितना इन्हें खाना ही होता है' छोटी ने व्यंग भरे शब्दों में कहा....

'अम्मा चल मैं कल भोर में ही तरकारी और रोटी बना दूंगी , तू भैया और बाबूजी के लिए ले आना...

अच्छा ठीक है चल 'नीरा ने बड़े सकुचाते हुए कहा, और वह मेरा शाल उठा दे तेरी कुर्सी के पीछे पड़ा है |

मंगल : 'अच्छा'

छोटी और नीरा अब चले गए थे,

कमरे में अब मंगल और उसके बाबू जी ही थे |

और बाबूजी तो बेशुद्ध कुछ बोलने से रहे, क्योंकि चारों तरफ मशीनों से घिरे वा मुंह में भी ऑक्सीजन का थैला लगाए, आराम कर रहे थे| और वह सफेद कोट वाली मैडम ने उन्हें जगाने से सख्त मना किया था | अब मंगल अकेला था और रात बहुत लंबी ,

नींद तो आज आने से रही,.......!

वहां ना कोई

उसकी सुनने वाला ,और ना ही बोलने वाला | अब सारी रात ना चाहते हुए भी उसे अच्छी और बुरी बातें सोचने के अलावा और कोई रास्ता नहीं दिख रहा था, और सोचने का मुख्य आधार ही पैसा |

क्योंकि अब उनके पास उतना ही पैसा था कि,

सुबह दवाओं का पर्चा और यहां लेटने भर का दे पाएं तो बहुत है |

इसके बाद तो पता नहीं क्या होने वाला है...

मंगल समझ चुका था कि , इन समस्याओं से अब सबसे ज्यादा वही प्रभावित होने वाला है |

और रही आय की बात तो परिवार की आय का एकमात्र स्रोत उसकी मां बची थी, पर वह भी विद्यालय से उतना ही कमा सकती थी जितने में घर की दाल रोटी चल सके |

मंगल सोचता है कि अब आगे एक छोटी आय में पिताजी की दवाएं , भाई-बहन की पढ़ाई , मंगल की भी पढ़ाई, घर की खिर्ची - मिर्ची वा रोजमर्रा की जरूरतों का एक साथ सुनिश्चित हो पाना संभव नहीं लग रहा था |

और बेदर्द महंगाई इतनी कि अच्छे - अच्छों की कमर तोड़ दे.....!

मंगल अब तक इतना समझ चुका था कि, अब घर चलाने में उसको भी एक अहम योगदान देना होगा खाने खेलने की उम्र में अब जिम्मेदारियां उसके सर पर तांडव करने वाली थी, ऐसे ही विपरीत बातें सोचते-सोचते रात्रि का तीसरा पहर लग गया, मंगल की करीब ढाई तीन बजे पलके झुकने लगी , वह उठा बाबूजी को थोड़ा करीब से कुछ मिनटों तक देखा, और फिर वही दरवाजे पर लगे पतले पट्टी नुमा बेंच पर दुबक गया |

अभी कुछ मिनट ही हुए होंगे, पर वह थकान के कारण जल्दी ही गहरी नींद में हो गया |

और आज उसको सपने भी उसकी वास्तविकता से परे ना आ रहे थे |

कल की सुबह तो फिर उसी तरह प्रकाशवान होनी थी , पर अब मंगल के जीवन में जो गोधूलि का प्रथम चरण प्रारंभ हुआ था ,वह बिना एक घने व अंधकार मय रात्रि के बीते खत्म ना होने वाला था |

छोटी घर में सबसे पहले उठती थी ,

॰৩

आज भी वह सुबह जल्दी उठी ,उसने बाबूजी और मंगल के लिए 6 रोटियां और भिंडी की सब्जी बनाकर ,काली पन्नी में बांधा और नीरा को दे दिया|

सुबह के करीब आठ बजे होंगे ,पर जेठ का महीना चल रहा था तो , धूप बड़ी कड़क हो गई थी, और हवाएं धूल को लिए चौथे आसमान पर थीं |

नीरा किसी तरह अस्पताल पहुंची ,तो उसने देखा ,मंगल अभी उसी बेंच पर दोनों पैरों को जकड़े गुमटी मारे सो रहा था |और उधर सफेद कोट वाली मैडम ने, रामेश्वर की दवाओं का बोतल बदल दिया था |और मैडम ने नीरा को देखते ही बोला.....

'ये सी - सी खत्म होते ही आप इन्हें घर ले जा सकती हैं'

'कितना टाइम लगेगा लगभग'

'ज्यादा नहीं एक सवा घंटे में हो जाएगा'

'अच्छा'...

'हां जाते वक्त डॉक्टर साहब को पर्चा दिखा लीजिएगा हो सकता है कुछ दवाई घटाएं बढ़ाएं...

'अच्छा बहन'

'इतना कहकर मैडम चली गई'

'मीरा रामेश्वर को वहीं खड़े खड़े एक टक मिनटों तक देखती रही ,और उसकी आंखें नम हो गई |

पर जल्दी से अपने पल्लू की मदद से उसने आंशू पोंछा और मंगल को जगाने लगी....

'मंगल हे मंगल ' नीरा तीव्र स्वरों में....

मंगल झझककर दोनों हाथों को हवा में लहराते जमाई लेते उठा,

'हां अम्मा बोल '

'तूने कहा था ना जाओ, मैं देख लूंगा,

॰৩

और यहां घोड़े बेच कर सो रहा है ,

बाबूजी की आंख खुलती,

अचानक कोई काम पड़ जाता तो,बोल....?

' मैं जानती थी तू लापरवाह है इसीलिए घर जाने से इतरा रही थी |'

'अरे नहीं अम्मा 'मेरी भी सुन ले कि बोलती ही रह जाएगी.....

'अरे अभी तो भोर में आंख लग गई है ,

और मैंने डॉक्टर साहब से भी पूछ लिया था, उन्होंने कहा था कि बाबूजी को आराम वाली इंजेक्शन दिया है वह कल सुबह तक उठेंगे'/

नीरा गहरी सांस लेते हुए ' अच्छा '

'कितने बजे उठने को बोले थे डॉक्टर साहब'

'अरे अभी कुछ देर में उठ जाएंगे'

'अच्छा जा मुंह हाथ धो ले , छोटी ने रोटी बनाया था, लाई हूं खा ले |

'और यह बता, रात को कुछ खाया था कि नहीं....?

'अरे कहां अम्मा ,भूख ही नहीं लगी ,खाना लेने गया तो था पर बिल्कुल भूख ना थी तो केवल एक चाय पी कर चला आया |

'हां मैं जानती थी ,वैसे खाना तो मैंने भी नहीं खाया था , वो तो कल सुबह की थोड़ी सी चावल बच गई थी वही छोटी ने गर्म किया और वही दोनों छोटी और छोटू ने थोड़ा-थोड़ा खाया था |

'अच्छा तू जा नीचे से चाय ले आ ,वरना बोलेगा सर में दर्द शुरू हो गया |

'हां वही मैं भी कहने जा रहा था....

मंगल ने एक चाय ,दो रोटियां और थोड़ी सी भिंडी की सब्जी लिया, उसने अभी एक निवाला ही खाया था, कि नीरा अंदर से भागते हुए आई ,और बोली !

'मंगल'

'हाँ अम्मा'

'तेरे बाबूजी को होश आ गया |

'क्या...?

'हां '

'अच्छा चल मिलते हैं...

'नहीं तू पहले रोटी खा ले, फिर आ, रात से कुछ नहीं खाया है |

'अच्छा मां तू चल ,मैं रोटी खत्म करके आता हूं |

मंगल को कुछ समय बाद थोड़ी सी मुफ्त की खुशी मिली थी,

उसने जल्दी से चाय खत्म किया ,और अस्पताल के मेन काउंटर पर पहुंच गया, सारे कागजी कार्यवाही को जल्दी जल्दी निपटाते ही बाबूजी को घर ले जाने के लिए तैयारी शुरू की /

रामेश्वर घर पहुंच चुका था ,और रामेश्वर की तबीयत अब पहले से ठीक थी ,बातें भी करने लगा था|

मंगल ने रामेश्वर का विस्तार बरामदे में दीवाल के कोने में लगवाया ,ताकि वहां से रास्ता और घर दोनों साफ साफ दिखे | क्योंकि कुछ समय अभी उसे चलने फिरने से डॉक्टर ने मना किया था ,तो अगर चहल-पहल में रहेगा तो मन लगा रहेगा |

वह रात बीती , अगली सुबह नीरा ने नाश्ता बनाया छोटी छोटू और रामेश्वर सब ने नाश्ता किया पर मंगल को अभी भूख नहीं थी| नीरा रोज की भांति तैयार हुई ,और स्कूल के निर्धारित समय को ध्यान में रखते हुए छोटू और छोटी के साथ स्कूल के लिए निकल पड़ी| क्योंकि अगर वह स्कूल ना जाती तो खाने तक के लाने पढ़ सकते थे |

मंगल का आधा दिन या सोचने में चला गया कि, अब आगे क्या किया जाए हाई स्कूल के बाद अभी 2 महीने छुट्टी भी थी| पर 11वीं में नाम लिखाने के लिए पैसे कहां से आए ,अब कहीं और दाखिला करवाना पड़ता और वहां उसकी मां भी ना होती तो सारी फीस नगद देनी पड़ती ,कोई गुंजाइश का वहां ठिकाना नहीं होता|

और फिर भी इतने पैसे लगते कि अगर वह महीनों मजबूरी करता तो भी ना जुटा पाता| पर विडंबना यह थी कि उसे काम पर रखता कौन , और आसपास के गांव में वह सामाजिक तुष्टीकरण के नाते रोजाही भी ना कर सकता था, पर अब वह अगर स्वाभिमान बचाता तो वह और उसका परिवार संकट में आ सकते थे |पर उसने पहले ही सबसे कह रखा था, पुरुषों का गहना होता है स्वाभिमान ,

बिना स्वाभिमान के जीना भी कोई जीना है|

आज यह बात भी उसको काट रही थी |

रामेश्वर : 'मंगल ये मंगल'

'हां बाबूजी

'जा और रामू काका को बुला ला

'अरे वही बटाईदार बाबा को ना

'हां

'लेकिन किस लिए, उनसे क्या काम आन पड़ी आपकी

'बात करनी थी और क्या

'किस बारे में...... ?

'अरे थोड़ी ही तो खेती है, सोच रहा हूं ,खुद किया जाए ,बहुत हुआ दूसरों के हवाले, वैसे भी, अब और कुछ तो करने से रहा ,

हर सीजन तेल,पानी,खाद में आधा देते ही हैं, इससे अच्छा थोड़ा ऊंच - नीच सही पर खुद ही देख ले|

'अरे हां वह तो ठीक है ,पर इतना पैसा कहां से आएगा ,

वैसे ही इतनी परेशानी चल रही है ,यह खाद, बीज,

जुताई टाइम- टाइम पर पानी कैसे हो पाएगा सब....?

'अरे होगा ही कोई जुगाड़....

उधार - वाढी ले लेंगे और ,

जो थोड़ा - मोड़ा फसल लगेगी उसी में से बेच कर चुका देंगे और क्या |

मंगल प्रतिकारिता के भाव से बोला....

'अरे बाबूजी छै- छै महीने की उधारी कौन रखेगा'.....

मंगल बड़े नरम लहजे में ....

'आप तो जानते हैं,

लोग आपके जेब की गर्माहट देखकर आपसे बात करते हैं |

अगर जानेंगे कि आपके यहां भोजन बना है, तो वह भी पूछ लेंगे ,और अगर यह जान लें कि, किसी कारण आज नहीं बना है ,तो वही एक टाइम खिलाने के बजाय मजा लेंगे |

'हां क्या करें '

पर और कोई रास्ता भी तो नहीं है हमारे पास| रामेश्वर बड़े दबे मन से बोला

'लेकिन इसके लिए हम किसी और की हंसी का कारण क्यों बने , कहकर मंगल धीरे से आगे बढ़ा और चला गया पर यहां रामेश्वर को मना करने के बाद भी यह बात उसके हृदय पर चढ़ गई ' |

जिस अतिरिक्त रास्ते का सुझाव उसे रामेश्वर के पास से मिला वह इससे पहले उसके मस्तिष्क में ना था |

पर अब यह एक छोटा सा रास्ता उसे दिखाई पड़ रहा था , जो उसे उसके मंजिल तक तो नहीं पहुंचा पाता पर हां कुछ ठीक था |

कहते हैं ना, किसी बड़ी जीत के इंतजार में एक जगह अस्थाई रूप से रुकने से बेहतर है,छोटी व क्रमबद्ध जीत के साथ आगे बढ़ते रहें |

कछुए की चाल धीमी होती है,पर खरगोश की अस्थाई नींद से वह धीमी चाल बेहतर है |

आपको जीत रुकने से नहीं चलने से मिलती है |

रामेश्वर ने रामू काका से बात की ,और रामू ने खुशी-खुशी खेत छोड़ने की बात मान ली |

पर अब यह भी मंगल के सर पर ही पडने वाला था ,
अरे धान की बुवाई करीब हफ्ते भर में शुरू होने को थी ,और घर का हाल यही था ,बीज ,खाद, जुताई उधार हो सकती थी तो भी तेल पानी कम से कम एक आदमी की दिनभर की मजदूरी ,सब मिलाकर करीब हजार रुपए भर का खर्चा तो था ही |

यही बात मंगल के दिमाग में गूंज रही थी, कि इतना पैसा कहां से लाया जाए, अम्मा ने तो पहले ही विद्यालय से महीने भर का वेतन बाबूजी की बीमारी में ले लिया था|

अब वहां से भी मिलने से रहा |

यह सोचते ही मंगल अपने खेतों से गुजर रहा था कि, उसकी भेंट रंगून चाचा से हो गई, वह अपने खेत से लौट रहे थे, रंगून गांव के मुखिया के छोटे भाई थे ,और उनके बड़े भाई अर्थात मुखिया से रंगून की तनिक ना जमती थी |

पर मंगल का रंगून के साथ ,बड़ा पारिवारिक संबंध था, रंगून मंगल को बेटे की तरह मानता था ,रंगून के एक ही बेटा था |

' चिंटू ' जो गांव से बाहर शहर में अंग्रेजी माध्यम के विद्यालय में पढ़ने वाला गांव का पहला बच्चा था |

उसे रोज लेने सुबह एक बड़ी सी बस आती और शाम को करीब चार बजे ,गांव के नुक्कड़ पर लाकर छोड़ देती,चिंटू अंग्रेजी माध्यम में पढ़ने की वजह से हिंदी में थोड़ा कमजोर था,और जब भी हिंदी की किसी निबंध तथा कार्यालयी कार्य में फसता तो भागकर मंगल के पास आता, मंगल की पहले से ही हिंदी अच्छी थी, बहुत अच्छी नहीं थी, पर वहां के हिसाब से ठीक-ठाक थी| तो मंगल उसकी मदद करता |
रंगून और उसके पारिवारिक संबंध होने का यह एक प्रमुख कारण भी था |

और मंगल भी उसकी मदद करके अच्छा महसूस करता ,

पर अब काफी दिनों से व्यस्त होने की वजह से उसकी मुलाकात रंगून वा चिंटू से नहीं हुई थी|

और अब.....

'अरे रंगून चाचा प्रणाम'

'खूब खुश रहो बेटा,'

'कहां थे बहुत दिनों बाद नजर आए, ननिहाल तो नहीं चले गए थे|

मंगल मध्यम हंसी के साथ, 'अरे नहीं चाचा घर पर ही थे ,बाबूजी के तबीयत के बारे में तो सुना ही होगा ,बस इस समय उन्हीं की सेवा में लगे हैं |

'अरे हां बाबू सुना तो था, पर हम भी थोड़ा व्यस्त थे इसीलिए मिलना ना हो पाया, जल्दी आएंगे|

'और अब क्या हाल है भाई साहब का'

'जी जरूर, आब तो पहले से काफी बेहतर हैं

'आप अपना बताइए

'हम भी ठीक हैं उसी बीच में तुम्हें ढूंढ रहे थे, लेकिन फिर चिंटू अपने मामा के यहां चला गया ,तो फिर हमसे भी बिसर गया |

'क्या हुआ कोई काम था क्या चाचा....?

'अरे हां, वही जो पिछली बार तुमने चिंटू के लिए निबंध लिखने में मदद किया था, उसमें चिंटू को कक्षा में सबसे उत्कृष्ट स्थान मिला है|

'अरे वाह ,बहुत खूब....!

'यह सब चिंटू की मेहनत और लगन का लक्षण है |'

'हां मेहनत लगन तो है ही ,पर मैंने सोचा कि, तुम से कुछ समय वह नियमित तौर पर हिंदी सीख ले ,तो आगे चलकर काफी अच्छा होगा|

'हां वो तो है |'

'वही ताकि यह बार-बार निबंध लिखने के लिए तुम्हारी मदद ना लेनी पड़े |'

☙

'हां|

'वही कहना था कि, अगर शाम को चिंटू के स्कूल से आने के बाद ,उसे घंटा भर हिंदी पढ़ा देते तो बड़ी मेहरबानी होती|

'अरे चाचा,शर्मिंदा काहे कर रहे हैं, इसमें मेहरबानी क्या,अपना भाई है,जरूर पढ़ा देंगे,चिंटू मामा के यहां से आए तो बताइएगा ,आ जाऊंगा |

'अरे वह तो परसों ही आ गया ,छुट्टियां भी खत्म हो गईं ,और सोम से स्कूल भी था ,

तो उसके मामा लाकर कर गए|

'अच्छा तो कब से आ जाऊं चाचा'

'आज से ही आजा'

'अच्छा'

रंगून जरा हिचकते हुए - और ये बता कितना दे दूं...?

'अरे चाचा ऐसा बोल कर आप फिर शर्मिंदा कर रहे हैं ,

आप और हम दो थोड़ी हैं , घंटा भर पढ़ाने का क्या लेना देना.....!

'अरे नहीं बेटा, ऐसा अच्छा नहीं लगता है, तू अपना काम छोड़कर रोज एक घंटा समय देगा तो कुछ तो बनता ही है |

ऐसा कहते हुए रंगून ने कमीज की जेब में हाथ डाला, और

**बेतरतीब** पड़े नोटों की गड्डी के बीच से पांच सौ का नोट निकाला ,और मंगल के कमीज की आगे वाली जेब में रख दिया|

'ले महीने भर पढा फिर देखते हैं आगे...

'अरे चाचा इसकी क्या जरूरत थी...!

'अरे नहीं ,रख अच्छा चलता हूं ,लेट हो रहा हूं |

अभी रविवार बाजार भी जाना है| कहकर रंगून आगे निकल गया...

मंगल की आवश्यकताओं के हिसाब से तो छोटी, पर उसके जीवन की पहली सबसे बड़ी कमाई थी,

☙

❧

नोट को हाथ में लेते ही उसकी आंखें नम हो गई ,

पर मंगल ने तक्सीन का परिचय देते हुए ,मुस्कुराया और ईश्वर का धन्यवाद देते हुए कहा ,चलो राम धान की बुवाई का जुगाड़ तो हो गया...|

अपनी इस छोटी-सी सफलता से मंगल आज बहुत समय बाद थोड़ा खुश था , बाजार को नजर में रखते हुए वह भी घर की तरफ तेजी से बढ़ा |

मंगल : अम्मा ये अम्मा

'नीरा थोड़ी फसी हुई आवाज में

'हां बोल'

'एक कप चाय रख देती तो बड़ा अच्छा होता , पीके मै बाजार हो आता ....

'अच्छा

'अच्छा नहीं जल्दी रख दे, शाम होने को है, और पैदल जाना भी तो है|

'तब तो छोटी को बोल दे ,मैं अभी जरूरी काम कर रही हूं '

कहकर नीरा ने छोटी को आवाज दी

'छोटी ' भाई के लिए चाय रख दे उसे बाज़ार जाना है|

'अच्छा मां

'अम्मा कुछ पैसे दे देती , तो अच्छा होता बाजार के लिए

'अरे मैं कहां से दे दूं सौ रुपये थे उसमें से भी 40 रुपये खर्च हो गए थे , और अभी स्कूल से भी ना मिलना होगा |

'अच्छा तो तू पचास ही दे दे , वैसे पांच सौ है मेरे पास , पर उसका दूसरा काम है |

'नीरा बड़ी ही तीव्रता से कहा,

'कहां पाया पांच सौ रुपये, कहीं कोई गलत काम तो नहीं कर रहा है ,देख मैं कोई उलहना नहीं सुनना चाहती हूं ,

❧

वैसे ही इतनी विपत्ति कम है क्या.....?

'अरे नहीं अम्मा, और पहले चिल्ला मत, वह चिंटू है ना रंगून चाचा का लड़का

'हां वही जिसे तू हिंदी में मदद करता रहता है

'हां वही '

'रंगून चाचा ने मुझे घंटा भर उसे हिंदी पढ़ाने को बोला है, और पहले महीने के वजीफे के तौर पर ही , यह पांच सौ रुपये दिए हैं | तो मैंने सोचा इसे खर्च ना करूं, अभी धान की बुवाई भी बाकी है, कल परसों में वह भी करानी है, तो उसमें लगा दूंगा|

'हां अच्छा है , वही सोच कर तो मुझे नींद ना आ रही थी, कि इतना पैसा कहां से लाऊँ

'पर कहते हैं ना जिसने चोंच दिया है वही दाना भी डालेगा |

'हां दस रास्ता बंद किए, तो राम ने यही एक छोटा सा रास्ता खोल दिया| यह कहकर मंगल माध्यम से हंसा......

तभी छोटी ने आवाज दिया

'अम्मा तू भी वहीं चल, काम मिनट भर के लिए बंद कर दे, मैं बार-बार चाय गरम ना कर पाऊंगी, गैस और समय दोनों की बर्बादी '

'चलो आज सब साथ में चाय पीएंगे.... '

'अच्छा तू बाबूजी को तो दे आ, और भैया के पास रख, मैं वहीं आ रही हूं|

'हां

ठीक है

'भैया चाय

'हां ला , और छोटी देख जरा बरामदे वाले ताखे में एक अगरबत्ती वाला झोला रखा था , हो तो वही उठा दे ,नहीं तो दूसरा दे दे बाजार के लिए|

'हां ,देखती हूं

'नीरा चाय की पहली चुसकी में ही ,

कैसा चाय बना लाई है ,अदरक तक पहचान में ना है, यह छोटी की बच्ची भी ना मन ना हो तो कोई काम अच्छे से ना करे /

कहकर नीरा और मंगल हंसने लगे....

'लो भैया झोला मिल गया, और आप दोनों अचानक हंस क्यों रहे हो ,छोटी ने बड़े संदेह से पूछा....

'नहीं कुछ नहीं, तू रहने दे, तेरे बस की ना है,

ला झोला ला, नहीं तो यहीं रात हो जाएगा अभी पैदल जाना है |

'अरे भैया, मंगल पीछे मुड़कर हां अब क्या बोल जल्दी.....?

'वह मेरी सहेली मंजू बता रही थी की, मुखिया जी के यहां, कोई पर्चा आया है|

' कैसा पर्चा रे

'अरे उसे भर दो तो महीने भर में ,साइकिल मिलेगी, सरकार दे रही है |

'अच्छा

'अरे पर मुखिया जी मुझे ना देंगे,

वह चाटुकारिता को प्रमुखता देते हैं, और मैं ठहरा मुंह पर और सही कहने वाला ,अच्छा चल देखता हूं मैं भी भरवा दूंगा आगे जैसी मुखिया जी की मर्जी |

'हाँ ठीक है

कहकर मंगल बाजार के लिए निकल गया |

अगली सुबह फिर रोज की भांति दिनचर्या शुरू हुई, आज भी मंगल सुबह उठते ही, धान की बुआई के लिए मजबूर की तलाश में निकल गया |

सिंचाई के लिए तेल तो उसने कल बाजार से ही ले लिया था |

पर ऐसा लग रहा था कि, मंगल के दोपहर भर का मेहनत बेकार निकल गया ,

खेती का सीजन चल रहा था , कोई हां करने को राजी ना था , और जो हां करते भी वह हफ्ते दस दिन की खैर मांगते |

पर मंगल के पास इतना वक्त कहां था|

खेती-बाड़ी का अपना एक निश्चित समय होता है ,बाबूजी कहते हैं कि,

उस समय तथा उसके तरीके में बदलाव करोगे तो फसल की पैदावार टूट सकती है |

मंगल को हर हाल में कल से परसों के बीच में बुवाई कराना था, यह सोचकर वह ना खुश हुए घर की तरफ लौट|

घर के अंदर आते ही बरामदे में रामेश्वर से मुलाकात हुई,

'क्या हुआ, कहां गया था

'कहीं नहीं, वही मजूर के तलाश में गया था, सोचा था मिल जाते तो बुवाई हो जाती तेल भी कल ले आये थे |

'तो क्या हुआ......?

'और जो हैं भी ,वह बोल रहे हैं, हफ्ते भर का समय दे दो, अब इतना समय कहां है |

'हां, चल देखता रह कोई मिलता है तो बता |

'मैं भी सोच रहा था कि, खेती अच्छी होती और पैदावार भी बढ़िया हो जाता जो इस बार तो फसल बेचकर, बरामदे में छत डला देता, यह पत्तर भी अब सूप हो गया है, अगला आषाढ़ ना देख पाएगा |

'अरे हां बाबू जी पहले खेती शुरू तो होने दो,

फसल बेचकर जुताई, कटाई ,खाद, बीज यह सब जो उधार ले रखा है ,इसका भी तो इंतजाम करना है|

और ये सब बाद में देखा जाएगा , पहले फसल लगे तो , इतने आगे कि मैं ना सोचता |

'हां बेटा तू भी सही कह रहा है, |

पर कहते हैं ना बेटा......

❧

"पुरुषों को आगे देख कर ,और बहुत आगे की सोच कर चलना चाहिए |
जो पुरुष आगे देख कर नहीं चलते,वह महाभारत करवाते हैं,तथा जो पुरुष आगे की सोच कर चलते हैं , वह वही महाभारत जीत लेते हैं |"

❧

भाग - २.........आगे